D0843961

Le pays
du papier peint

Le pays du papier peint

VINCENT LAUZON

Illustrations:
PHILIPPE GERMAIN

ÉDITIONS HÉRITAGE
MONTRÉAL

Données de catalogage avant publication (Canada)

Lauzon, Vincent

   Le pays du papier peint

   (Pour lire avec toi).
   Pour enfants.

   I. Germain, Philippe. II. Titre. III. Collection.

PS8573.A99P39 1988   jC843'.54   C88-096549-5
PS9573.A99P39 1988
PZ23.L38Pa 1988

ISBN :   2-7625-4461-0

Le pays du papier peint
Conception graphique de la couverture : Martin Dufour
Illustrations de la couverture : Hélène Desputeaux
Illustrations intérieures : Philippe Germain

Dépôts légaux : 3e trimestre 1988
Bibliothèque nationale du Québec
Bibliothèque nationale du Canada

ISBN : 2-7625-4461-0   Imprimé au Canada

Photocomposition : DEVAL STUDIOLITHO INC.

LES ÉDITIONS HÉRITAGE INC.
300, Arran, Saint-Lambert, Québec   J4R 1K5
(514) 875-0327

CHAPITRE UN

LE PREMIER VOYAGE

Un jour, le papa de Marie-Aude lui demanda si cela lui plairait de refaire la décoration de sa chambre.

— Tu sais, changer le papier peint, déplacer le mobilier, quelque chose comme ça, lui expliqua-t-il. Qu'en dis-tu ?

Marie-Aude était tout simplement ravie, surtout pour la suggestion du papier peint. Celui qui était en ce moment sur ses murs devenait à la longue un peu ennuyant : une chambre complètement bleue, c'est loin d'être fascinant. Elle alla donc avec son père dans un gigantesque magasin de tapis et de papiers peints pour décider de son nouveau décor.

— Parce que choisir un nouveau papier peint, déclara-t-elle avec beaucoup de sérieux à son papa, ce n'est pas quelque chose à prendre à la légère. C'est très important.

Ils passèrent des heures et des heures à fouiller le magasin. Cela prit un temps fou car Marie-Aude et son père n'étaient jamais d'accord ; Marie-Aude trouvait horribles toutes les tapisseries que son papa lui suggérait et son papa hurlait qu'elle n'avait aucun goût quand elle lui montrait celles qu'elle aimait bien.

Finalement, après maintes discussions, ce fut Marie-Aude qui l'emporta. Le papier peint choisi représentait des tas de petits personnages amusants : des dragons, des licornes, des chevaliers et même une sirène ou deux. Elle en était fort satisfaite et battait des mains, toute contente.

— J'ai tellement hâte qu'il soit installé ! s'écria-t-elle. Oh, ma chambre va être si jolie !

Son papa leva les yeux au ciel d'un air bizarre et lui dit lentement :

— Tu es bien sûre de ton choix ? Tu n'aimerais pas mieux quelque chose de moins... de moins bébé ?

— Oh ! fit Marie-Aude d'un ton choqué. Mais papa,

ce papier n'est pas bébé! Il est tout bonnement adorable! Tu ne vas pas recommencer à discuter, dis? Ce papier, j'y tiens tant!

Son père, qui l'aimait beaucoup, finit par abandonner la partie, en voyant que la fillette avait définitivement arrêté son idée sur les dragons et les sirènes. Et, un instant plus tard, c'est une Marie-Aude rayonnante qui sortait du magasin, en tenant la main de son papa qui continuait à penser que sa fille avait choisi un papier absolument atroce et qui se demandait où diable elle allait chercher des idées pareilles.

Le papier fut installé le lendemain. Marie-Aude ne sortit pas de sa chambre de toute la journée (c'était un samedi) et s'arrangea pour être tout le temps dans les jambes de ses parents qui essayaient de coller le papier peint sur les murs.

— Pas dans ta figure, papa chéri! cria-t-elle en pouffant de rire. Comme tu es maladroit!

Son père essuya ses lunettes pleines de colle et soupira longuement.

— Tu as l'air fatigué, papa, dit-elle d'un ton soucieux. Quelque chose te tracasse?

Marie-Aude eut un soupir de satisfaction. Elle écarta d'un geste une mèche de cheveux noirs qui lui chatouillait le nez. Ses yeux vert clair brillaient joyeusement et elle souriait de son drôle de sourire tombant qui lui donnait toujours un air un peu triste, ce qui était tout à fait trompeur : Marie-Aude était une enfant très gaie.

Elle admirait sa « nouvelle » chambre. C'était vraiment très réussi : tous les meubles avaient été changés de place, sa maman lui avait acheté une petite lampe de bureau pour remplacer celle qui avait été cassée et, bien entendu, il y avait le nouveau papier peint. Marie-Aude en était folle. Tous ces extraordinaires personnages, tous ces étranges bonshommes excitaient sa curiosité et stimulaient merveilleusement son imagination.

— Il est bien dommage qu'ils n'existent pas pour vrai, se dit-elle en se couchant sur son lit. Ce serait si chouette! Comme j'aimerais pouvoir leur parler, entrer dans leur monde! Oh, si je pouvais, si je pouvais, si seulement je pouvais... si je... mais... mais que se passe-t-il? Je me sens un peu bizarre, tout à coup...

Une chose absolument incroyable était en train d'arriver à Marie-Aude. Peut-être était-elle tombée sur une sorte de formule magique, en répétant « si je pouvais, si je pouvais », ou peut-être était-ce un don inné qui avait attendu tout ce temps pour se manifester, ou peut-être encore était-ce quelque chose de tout à fait différent... mais le fait est que Marie-Aude s'élevait lentement et flottait dans les airs, tout en rapetissant à vue d'oeil.

— Oh la la, fit-elle, un peu effrayée, tout cela n'est pas normal! Et voilà que je me mets à tournoyer et à tourbillonner comme une ballerine complètement ivre!

Elle voulut crier « Au secours! » mais elle réalisa bien vite qu'on ne l'entendait pas : elle était déjà trop petite. Elle tournait et tournait dans les airs, à toute vitesse. Puis elle se sentit prendre un immense élan et se précipiter — contre son gré, évidemment — vers le mur. Elle était lancée à une vitesse impensable et allait percuter son papier peint adoré d'une seconde à l'autre!

— MAMAN ! PAPA !, hurla-t-elle. AU SECOURS !
J'AI PEUR !

Puis soudain, tout devint noir et elle n'eut plus cons-
cience de rien.

Quelques minutes ou quelques jours plus tard,
Marie-Aude se réveillait dans une étrange forêt où elle
n'avait jamais mis les pieds auparavant. Elle s'assit
brusquement, complètement abasourdie, cligna des
yeux d'un air stupéfait et regarda lentement autour
d'elle.

— Une forêt, se dit-elle, incrédule. Mais cela n'a
aucun sens !

Elle se leva, en essayant de comprendre ce qui s'était passé.

— Je dois être en train de rêver tout ça, fit-elle en soupirant. Je dors sûrement... ou alors ma collision avec le mur m'a tout à fait assommée...

Marie-Aude fit quelques pas et s'approcha d'un arbre. Avec méfiance, elle posa la main dessus. Il semblait bien réel : elle pouvait sentir l'écorce rugueuse sous ses doigts.

— Ça ne veut rien dire, raisonna-t-elle. Quand je rêve, j'ai toujours l'impression que le décor est là pour vrai. Hum... eh bien, puisque je suis prise ici, je crois qu'explorer un peu les lieux serait une bonne idée. Si je dors, je finirai bien par me réveiller, je suppose. Et puis, cette forêt est tellement jolie... quoique légèrement inquiétante...

Elle se mit à marcher, en jetant craintivement des regards furtifs à gauche et à droite. La forêt était enchanteresse. Le soleil brillait de toute sa force sur les cimes des arbres qui scintillaient d'un vert métallique. À cette hauteur, il faisait une chaleur presque intolérable et seuls quelques oiseaux coquets restaient pour se laisser bronzer, endormis sur les branches les plus éloignées du sol. C'était une dangereuse habitude, car s'ils demeuraient trop longtemps à cette altitude, ils pouvaient attraper d'abominables coups de soleil et risquaient même de cuire sur place. Mais au niveau du sentier sur lequel se promenait Marie-Aude, il faisait agréablement frais, à son grand soulagement.

Marie-Aude gambadait sous les arbres avec autant d'entrain qu'il est possible d'avoir lorsque l'on vient tout juste de se réveiller dans une étrange forêt après s'être probablement écrasé contre un mur de sa chambre. Après tout, le décor était très réussi et elle n'avait encore rien rencontré de vraiment dangereux. Pour être exact, elle n'avait encore rien rencontré du tout, mis à part quelques timides volatiles et un ou deux écureuils qui s'étaient enfuis sans un mot en l'apercevant.

— Il n'y a pas foule ici, murmura-t-elle. Et pourtant, j'ai une drôle d'impression... comme si tous les habitants de la forêt étaient cachés dans le feuillage et se moquaient de moi!

Marie-Aude marchait lentement, les mains derrière le dos. Soudain, ses réflexions furent bousculées par un bruit inattendu et suspect.

Elle s'arrêta net et écouta attentivement. Le sentier continuait tout droit devant elle pendant un moment puis il tournait abruptement à droite, derrière un bosquet particulièrement haut et touffu... et le bruit venait de cette direction. Marie-Aude était étonnée : le son ressemblait à s'y méprendre à la respiration essoufflée d'un gros homme qui aurait de la peine à marcher. Elle écouta encore... un soupir, un toussotement, des pieds qui se traînent... qu'est-ce qui pouvait bien se cacher derrière les arbres ?

Marie-Aude se remit à avancer sur la pointe des pieds. Le bruit se faisait de plus en plus distinct au fur et à mesure qu'elle se rapprochait du tournant du sentier. Son coeur battait si fort qu'elle craignait que la bête derrière le bosquet ne l'entende. Encore quelques pas...

Et elle se retrouva face à gueule avec une créature épouvantable qui la regardait droit dans les yeux. C'était un monstre écailleux, deux fois plus grand qu'elle, avec un long museau, des dents gigantesques, des yeux dorés et de petites ailes de chauve-souris. Un mince filet de fumée grise s'échappait de ses narines. Un dragon !

Un ÉNORME dragon !

Pendant quelques secondes de silence, il ne se passa absolument rien. La surprise et la terreur avaient statufié Marie-Aude sur place et, étrangement, le dragon n'avait pas du tout l'air de vouloir la dévorer. Il semblait aussi surpris qu'elle.

Puis Marie-Aude retrouva soudain la voix : elle respira un grand coup et poussa un long hurlement strident. Le dragon sursauta, leva les bras au ciel et se mit à glapir lui aussi, l'air complètement affolé. Prise de panique, Marie-Aude tourna le dos à l'horrible animal et s'enfuit de toute la vitesse dont ses jambes étaient capables, sans cesser de hurler. Le dragon terrifié l'imita et chacun se mit à courir dans des directions opposées en criant à tue-tête :

— AU SECOURS ! UN MONSTRE !

Marie-Aude courut et courut et courut. Évidemment, quand on court très vite, on s'essouffle : après quelques minutes, Marie-Aude était tout en sueur et respirait avec difficulté. Elle ralentit et regarda derrière elle. Pas de dragon en vue. Satisfaite, elle s'adossa contre un arbre pour reprendre son souffle et se calmer un peu.

— Oh, quel effroi ! se dit-elle. Je ne pourrai plus jamais dormir normalement, c'est bien certain ! Mais pouquoi ce dragon m'a-t-il traitée de monstre ? Moi, un monstre ! Il est fou, ce monstre !

À ce moment, une voix à la fois rauque et douce se fit entendre :

— Mademoiselle !

Marie-Aude se retourna en hurlant. C'était le dragon !

— Ça y est, pensa-t-elle, il est revenu pour me dévorer ! Je suis perdue !

Et elle se remit à courir, si terrorisée qu'elle ne remarqua même pas que le dragon souriait.

— Mademoiselle ! s'exclama le dragon. Ne partez pas ! Vous m'avez un peu effrayé, mais je ne vais pas vous faire de mal ! Revenez !

Mais Marie-Aude n'écoutait pas : elle ne pensait qu'à

fuir et courait follement droit devant elle. Son pied buta sur une racine... elle perdit l'équilibre...

— Oh la la! se dit-elle en une demi-seconde, je vais me casser quelque chose! Oh, comme je voudrais revenir dans ma chambre!

Et au lieu de s'écraser par terre et de se casser effectivement quelque chose, elle s'envola majestueusement et se mit à grandir et à tourner sur elle-même. Elle passa comme une flèche devant un Chevalier en armure flamboyante qui la regarda d'un air éberlué avant de se diriger vers le dragon. Marie-Aude sourit en se disant que la méchante bête allait sûrement être punie, mais réalisa bien vite que ce n'était pas le cas : le Chevalier venait de sortir un jeu de cartes et commençait une amicale partie de poker avec le dragon.

Puis Marie-Aude s'évanouit.

Lorsqu'elle se réveilla, Marie-Aude était de nouveau dans sa chambre, couchée sur son lit. Elle se leva lentement et replaça l'oreiller.

— Ça alors, fit-elle, quel rêve extraordinaire! Et qui semblait si vrai! Oh, cet horrible dragon, comme il était impressionnant! C'est étonnant, on dirait même qu'il me rappelait quelque chose...

Elle se tut brusquement. Son regard, en se promenant sur son papier peint, s'était soudain arrêté sur un des petits personnages.

— Mais, mais c'est lui! s'écria-t-elle. C'est lui, c'est mon dragon! Et ici, c'est le Chevalier que j'ai vu avant de me réveiller! Et la forêt! Mais alors… je suis donc allée dans le monde du papier peint!

Elle soupira.

— Ou alors, j'ai rêvé tout ça… oui, j'ai certainement rêvé…

Mais déjà, elle n'en était plus si sûre.

CHAPITRE DEUX

LA LICORNE ZÉBRÉE

Une semaine plus tard, Marie-Aude refit courageusement le voyage au pays du papier peint. Elle se retrouva couchée au pied d'un grand orme. Elle respira à fond, appréciant la fraîcheur de l'air des bois, puis se leva à regret : on était si bien, étendu dans l'herbe !

— C'est vraiment un endroit magnifique, dit-elle. Un vrai petit paradis pour moi toute seule ! Quel dommage que ce ne soit probablement qu'un rêve... oh, et puis zut ! Tant que je suis ici, je peux toujours croire que c'est vrai ! C'est tellement plus romantique !

Le soleil était encore plus brûlant qu'à sa dernière visite : il lançait violemment des rayons scintillants sur les arbres sans défense. Quelques-uns de ces rayons parvenaient même à se frayer un passage jusqu'au sol et ressemblaient à d'immenses piliers lumineux plantés dans la terre.

Marie-Aude était muette devant la grandeur de ce spectacle. Elle leva lentement les yeux au ciel pour apercevoir les cimes des arbres noyées dans la lumière du soleil. Il y avait même deux ou trois oiseaux qui décrivaient de larges cercles au-dessus de sa tête.

La petite fille eut un extraordinaire après-midi de course dans les bois, de danse dans les clairières et de pirouettes au soleil. Elle grimpa en riant aux arbres, cueillit des roses sauvages, se régala de framboises rouges et sucrées et se baigna dans un petit étang aux berges couvertes de mousses moelleuses. Elle courut gaiement derrière des papillons gigantesques, dont les ailes brillaient comme des braises agitées, et elle chanta à pleine voix des heures durant.

Marie-Aude aimait beaucoup cet endroit.

Mais, c'est bien étrange, même pendant qu'elle s'amusait, même pendant qu'elle jouait et gambadait et riait de toutes ses forces, quelque chose l'agaçait — elle n'avait aucune idée de ce que c'était, mais quelque chose l'agaçait.

Et tout à coup, alors qu'elle s'étendait dans l'herbe pour se reposer un moment après toute cette activité, Marie-Aude mit le doigt dessus.

Elle était toute seule !

Elle s'était promenée tout l'après-midi sans rencontrer une seule créature vivante... c'est-à-dire, aucune à qui elle aurait pu adresser la parole, bien sûr. N'était-ce pas tout à fait bizarre ?

— Mais où sont-ils tous ? se demanda Marie-Aude, perplexe. Mon papier peint est pourtant couvert de tas de petits personnages ! Je devrais finir par en rencontrer quelques-uns, je suppose.

À ce moment, une longue plainte pleine de tristesse traversa la forêt. Quelqu'un pleurait amèrement de l'autre côté de la haie de cèdres. Les sanglots d'une superbe voix douce et chaude cascadaient entre les branches jusqu'aux oreilles de Marie-Aude. Elle sauta sur ses pieds et s'élança dans les fourrés, déterminée à découvrir qui pouvait être si déprimé alros qu'elle se sentait si heureuse. Elle arriva en trombe de l'autre côté de la haie… et stoppa net en voyant la créature dont les pleurs résonnaient dans tout le pays du papier peint. L'enfant était si émerveillée qu'elle resta là, sans bouger, la bouche ouverte et les yeux écarquillés, jusqu'à ce qu'une mouche vienne se poser sur son nez et la tirer de sa rêverie.

Car la belle créature qui, couchée dans les hautes herbes, pleurait avec tant de talent était une licorne, une toute petite licorne aux grands yeux lumineux et aux naseaux tremblants. De vibrantes larmes d'argent serpentaient le long de son museau.

— Qu'elle est jolie!… murmura Marie-Aude. Mais elle ne ressemble pas du tout aux licornes qu'on m'a toujours décrites. Elle est *zébrée*!

En effet, la fourrure de ce fabuleux animal était couverte de longues stries noires comme la nuit. Ses pattes, ses flancs, son cou et même sa tête étaient comme enrubannés de velours noir. Oh, aucun doute possible, cette licorne était définitivement *zébrée* du bout de la queue à la pointe de la corne.

La licorne n'avait pas remarqué Marie-Aude, tant elle était occupée à sangloter de tout son être, mais lorsque la petite fille voulut s'avancer plus près, la bête leva la tête et bondit de frayeur en la voyant. Elle jeta nerveusement un coup d'oeil à gauche puis à droite, cherchant un endroit où se cacher. Marie-Aude s'approcha sans rien dire. La licorne recula de quelques pas, en tremblant un peu.

L'enfant tendit la main vers l'animal.

— Bonjour, dit-elle avec douceur. Je ne vais pas te faire de mal, tu sais. En fait, ajouta-t-elle après réflexion, tu es bien plus dangereuse que moi, avec ta corne et tes sabots. Cet argument parut rassurer la licorne qui, après un moment d'hésitation, s'avança timidement vers la petite fille et se laissa caresser la crinière avec un hennissement de satisfaction.

— Je suis bien contente que nous soyons amies, lui confia Marie-Aude en souriant. Je commençais à m'ennuyer un peu, toute seule dans cette grande forêt.

— Oh, tu n'es pas toute seule, lui répondit la licorne zébrée de sa belle voix tendre. Nous sommes entourés

de tas de gens et d'animaux, mais ils sont trop timides pour se montrer. Ils ont un peu peur de toi.

Marie-Aude n'était pas le moins du monde surprise d'entendre la licorne lui parler. Cet endroit était si bizarre et mystérieux que les choses normalement impossibles semblaient ici tout à fait naturelles.

— Peur de moi? s'écria Marie-Aude, incrédule. Mais c'est ridicule!

— C'est la vie, fit la licorne.

— Mais alors, comment se fait-il que tu ne te caches pas, toi? Tu n'as pas peur?

La licorne étouffa un sanglot et baissa la tête.

— Si, un peu, répondit-elle d'une voix incertaine, mais je n'ai rien à perdre. Tu es la première personne à m'adresser la parole depuis si longtemps... et je me sens si seule — et tu as l'air bien gentille — et...

La licorne ne put ajouter un mot de plus. Elle se remit à pleurer sans retenue. Tout son corps était secoué par de terribles sanglots. Marie-Aude ne savait que faire ; en désespoir de cause, elle sortit un mouchoir de sa poche et essuya gentiment les larmes sur le museau de la pauvre bête.

— Mais... mais, bégaya la fillette, mais pourquoi pleures-tu ainsi ? Ai-je dit quelque chose de blessant ?

— Oh, non, non, répondit la licorne en reniflant. Mais la raison de ma tristesse n'est-elle pas évidente ?

D'un signe de tête, elle indiqua sa robe rayée.

— Hum... eh bien, déclara Marie-Aude en cherchant ses mots, euh, peut-être es-tu un peu... hum... un peu zébrée ?

— Un peu ? s'écria la licorne entre deux sanglots. Je suis plus zébrée qu'un - qu'un - qu'un zèbre, voilà ! Oh, je suis déshonorée !

Marie-Aude s'assit par terre et la pauvre licorne se coucha près d'elle.

— C'est déshonorant d'être zébrée? demanda la petite fille très sérieusement.

— C'est pire que tout! répondit la licorne aussi sérieusement.

— Et tu as toujours été comme ça?

— Non, fit la licorne en secouant la tête. C'est arrivé il y a environ une semaine. Je m'étais endormie au même endroit que d'habitude et lorsque je me suis réveillée, j'étais zébrée. Je ne sais vraiment pas qui a pu me jeter ce mauvais sort, je ne connais pourtant pas de magicien… mais maintenant, plus personne ne veut me parler ni jouer avec moi. Toutes les autres licornes se moquent de moi et m'empêchent de me joindre à elles. Je suis toute seule!

Elle soupira et versa une grosse larme scintillante.

— Personne ne m'aime! s'exclama-t-elle avec passion.

Marie-Aude était bien émue par les malheurs de sa nouvelle amie. Oh, si seulement elle pouvait l'aider!

— Allons, allons, la rassura-t-elle en mettant ses bras autour du cou de la pauvre bête — en prenant bien soin de ne pas s'envoyer sa corne dans un oeil. Je t'aime beaucoup, moi!

La licorne leva les yeux vers elle.

— C'est vrai? fit-elle tout bas.

— Bien sûr, répondit la petite fille en souriant. Tu viens jouer?

Marie-Aude et la licorne s'amusèrent pendant des heures. Elles firent des courses, elles jouèrent aux anneaux (il s'agissait pour Marie-Aude de réussir à lancer des couronnes de marguerites autour de la corne de son amie) et juste avant que le soleil se couche, la licorne permit à son ami de monter sur son dos pour une promenade au crépuscule.

— C'était bien, n'est-ce pas? s'exclama Marie-Aude au moment de partir.

La licorne hennit de plaisir.

— Merveilleux, répondit-elle. J'ai presque oublié que j'étais… tu sais… mais quand tu ne seras plus là, je serai de nouveau toute seule… et toujours zébrée.

Elle baissa tristement la tête, en soupirant. Marie-Aude déposa un baiser sur le bout de son museau.

— Je reviendrai, ne t'en fais pas, déclara-t-elle solennellement. Seulement, il ne faut pas que mes parents s'inquiètent. Chez moi, j'essaierai de trouver un moyen pour t'aider.

La licorne sourit un peu et la remercia.

— À bientôt, dit Marie-Aude.

Puis elle s'envola.

Quand la fillette revint à elle, une seconde plus tard, elle était au pied de son lit. Elle secoua la tête pour s'éclaircir les idées.

— Je me demande si je finirai un jour par m'habituer à ce genre de voyage, grogna-t-elle entre ses dents.

Elle se leva et commença tout de suite à examiner son papier peint, espérant trouver la réponse à l'énigme de la licorne zébrée. Elle n'eut pas à chercher longtemps : la licorne était là, sous ses yeux, toute seule dans un coin. La belle créature avait l'air si triste et si mélancolique que le coeur de Marie-Aude se serra un peu. Puis elle observa l'animal plus attentivement... et comprit tout.

— Mais ces rayures ont été rajoutées! s'écria-t-elle, étonnée. Elles ont été dessinées au crayon-feutre!

Elle réfléchit un instant. Avec un chiffon, elle tenta sans succès de faire disparaître les lignes noires.

— Si quelqu'un s'est amusé à barbouiller mon papier peint, pensa-t-elle avec colère, ce ne peut être que mon imbécile de petit frère! Oh, il mériterait une bonne fessée!

Alexandre, le petit frère en question, choisit ce moment précis pour entrer innocemment dans la chambre de Marie-Aude. Celle-ci ne perdit pas de temps : elle entreprit de disputer violemment le pauvre garçon (qui était bien coupable, il faut tout de même l'avouer), le traitant de crétin, d'abruti, de monstruosité ambulante et j'en oublie, jusqu'à ce que, complètement éberlué, il se mette à pleurer en criant à tue-tête qu'il allait le dire à papa.

Évidemment, après une minute de ce bruit infernal, papa ouvrit la porte, l'air encore plus fatigué que d'habitude, écouta sans comprendre les explications confuses des deux enfants, se gratta la tête et hurla qu'on se taise. La pièce devint brusquement silencieuse : Marie-Aude et Alexandre savaient bien que lorsque papa perdait son calme, c'était sérieux.

— Marie-Aude, fit papa lentement, tu ne sortiras pas de ta chambre de tout l'après-midi. Même chose pour toi, Alexandre.

— Mais papa, plaida Marie-Aude, la licorne zébrée est si triste et c'est la faute d'Alexandre et...

— Marie-Aude! la coupa son père en fronçant les sourcils.

— Oui, papa, dit-elle en voyant qu'il n'y avait rien à faire.

Le père se retourna en grognant «... la licorne, la licorne... » d'une voix exaspérée et sortit en traînant un Alexandre tout dépité de la punition qui venait de lui tomber dessus.

Marie-Aude ferma la porte, s'étendit sur son lit et soupira profondément.

— Eh bien, se dit-elle en fermant les yeux, j'aurai pas mal d'explications à donner à la licorne, moi...

CHAPITRE TROIS

LE CHEVALIER
SOLITAIRE

Ce soir-là, au milieu d'une grande clairière bordée de cèdres parfumés, Marie-Aude mangeait des guimauves grillées en compagnie de la licorne zébrée et du dragon aux yeux dorés, celui-là même qui l'avait tant effrayée lors de sa première visite. Ce dragon n'était pas n'importe quel dragon, comme il se plaisait à le faire remarquer le plus souvent possible : il venait d'une très vieille, très grande et très noble famille de dragons et il en était très fier. Il s'appelait Isidore de la Flammèche.

Isidore était couché nonchalamment dans les fougères et à chaque expiration, ses narines laissaient échapper d'écarlates éclats enflammés qui montaient en crépitant dans le ciel nocturne. Marie-Aude et la licorne n'avaient qu'à tenir leurs guimauves au-dessus du nez du dragon et, en quelques secondes, les friandises devenaient délicieusement dorées. La petite fille utilisait une longue branche de chêne alors que la licorne installait carrément ses guimauves au bout de sa corne. L'air doux et léger ainsi que la lumière tamisée de la lune de papier peint rendaient l'atmosphère merveilleusement calme et agréable.

— Hé, Marie-Aude, dit Isidore en bâillant un peu, cela fait trois guimauves que tu manges sans m'en donner une seule. C'est pas juste : c'est tout de même moi qui les prépare vos guimauves, non?

La petite fille se mit à rire et donna une guimauve au dragon bougonneur. Isidore l'engloutit d'une seule bouchée et se lécha les babines, découvrant un instant ses crocs féroces. Marie-Aude frissonna. Elle était bien contente qu'Isidore soit son copain : avec des dents pareilles, elle n'aurait pas voulu l'avoir pour ennemi.

— Dis donc, Isidore, demanda-t-elle entre deux bouchées, je n'ai pas encore rencontré ton copain le Chevalier. Il m'intrigue. Crois-tu que l'on pourrait lui rendre visite ce soir?

Le dragon parut réfléchir un moment.

— Je le suppose, déclara-t-il enfin. Cela te plairait, licorne ?

La licorne hennit et s'ébroua.

— Moi, je vous suis, dit-elle avec une trace de tristesse dans la voix. Vous êtes mes seuls amis... les autres licornes ne m'ont pas encore adressé la parole à cause de... de... oh, vous savez bien...

Marie-Aude jeta un oeil furtif à Isidore puis caressa pensivement la crinière de la pauvre licorne. Si seulement ils avaient pu faire quelque chose pour elle ! Dans sa chambre, la petite fille avait tout tenté pour nettoyer les rayures noires qu'Alexandre avait dessinées sur le mur, mais même le frottage le plus énergique n'avait rien donné. Et comme sa maman lui avait affirmé que l'eau de javel ferait disparaître non seulement les taches mais aussi la licorne, l'enfant s'était finalement avouée vaincue. La licorne allait rester zébrée jusqu'à la fin de ses jours, qu'elle le veuille ou non. La fabuleuse bête était persuadée que son destin tragique était le résultat d'un mauvais sort.

— Allons, un peu de confiance, lui dit Marie-Aude pour la consoler. Nous finirons bien par trouver une solution à ton problème.

— En attendant, déclara Isidore, une petite visite à

mon grrand ami le Chevalier va te changer les idées et te faire le plus grand bien. Tu as besoin de distractions, tu me sembles un peu pâlotte entre tes rayures, ces derniers temps…

— Isidore! cria furieusement Marie-Aude.

Isidore rougit jusqu'au bout des ailes et s'excusa confusément de son étourderie. Décidément, ce dragon était drôlement gaffeur!

La fillette consola encore une fois la licorne en pleurs, en fustigeant Isidore du regard. Puis les trois compagnons se mirent en route pour aller rencontrer le fameux Chevalier.

Le Chevalier cessa d'astiquer sa cotte de maille lorsqu'il vit arriver les visiteurs. Il se leva, enfila son armure qui brillait au clair de lune et mit son grand casque de métal poli décoré de mille plumes multicolores. Marie-Aude l'observa un moment et fit un effort pour ne pas rire: le Chevalier avait fière allure, d'accord, mais son costume faisait un drôle de bruit de métal tordu et un énorme pansement ornait le dessus de son nez, lequel était si long qu'il sortait du casque d'une bonne dizaine de centimètres.

— Bonsoir, Isidore! s'exclama-t-il d'un air ravi en reconnaissant le dragon.

Puis, apercevant Marie-Aude et la licorne, il baissa la tête pour les saluer bien bas comme il convient devant les dames. Marie-Aude comprit alors pourquoi il portait un si gros pansement. Lorsqu'il se penchait, la visière métallique de son casque se refermait brusquement sur son nez avec un claquement sec. Le Chevalier hurla de douleur et se mit à sautiller en grimaçant d'une façon épouvantable et en criant «Ouille-ouille-ouille-OUILLE!» de toutes ses forces. Marie-Aude et la licorne se retinrent le plus longtemps possible, mais c'était vraiment trop comique... elles éclatèrent de rire.

Après un moment, le Chevalier se calma. Il fouilla dans une petite trousse de premiers soins et ajouta un bout de pansement sur son nez meurtri. Il retira ensuite son casque, par mesure de sécurité.

— Ce bon vieux Gaga, pouffa Isidore en lui assenant une amicale claque dans le dos, toujours le même joyeux drille!

— Gaga? demanda Marie-Aude, mystifiée.

— C'est un diminutif, déclara le Chevalier en se relevant. Mon vrai nom est Sire Gagalahad, Chevalier de la Chaise longue.

Il salua si bas qu'il se cogna la tête par terre.

— Pour vous servir, gente dame, grogna-t-il, le nez dans l'herbe.

Le bizarre de sourire tombant de Marie-Aude apparut sur son visage. Elle s'avança pour aider cet amusant personnage à se relever.

— Chevalier de la Chaise longue? demanda doucement la licorne. Vous voulez certainement dire Chevalier de la Table ronde, n'est-ce pas?

Sire Gagalahad lissa ses moustaches en riant.

— Mais non mais non mais non! rétorqua-t-il gaiement. La Table ronde! Peuh! c'est démodé, ça, belle licorne. Tout à fait démodé! De nos jours, ce qui est dans le vent, c'est le progrès, le confort moderne, les congés payés! Ah, si vous saviez comme il est plus facile et agréable d'être Chevalier de la Chaise longue… parce qu'entre nous, les bancs de bois de la Table ronde me donaient mal aux fesses après quinze minutes!

En s'écriant «Youppi!», il s'élança dans une folle pirouette de ballerine, s'écrasa de tout son poids contre un arbre et s'étala par terre. Levant la tête ves Isidore, la licorne et Marie-Aude, il conclut en haussant les épaules :

— Faut être de son temps !

Marie-Aude s'assit lentement près de lui. Ce sire Gagalahad avait l'air bien gentil, même s'il était un peu excentrique, et elle l'aimait déjà beaucoup.

— Eh bien, lui dit-elle, vous semblez fort heureux d'être un Chevalier ! Je suis contente pour vous. Mon papa n'arrête pas de dire qu'il n'aime pas son travail et cela lui empoisonne la vie.

— Oh, fit Sire Gagalahad, j'adore mon métier ! Seulement…

Son visage s'assombrit soudainement.

— Seulement, je dois vous faire une confidence.

Il hésita un instant, puis se lança.

— Je ne suis pas un vrai Chevalier !

— Quoi ! crièrent nos trois amis tout surpris.

Le Chevalier-qui-n'en-était-pas-un soupira tristement. Alors qu'il se levait, ses yeux s'emplirent de larmes.

— C'est la triste vérité, murmura-t-il en reniflant légèrement. J'ai même composé une chanson sur mes malheurs. Laissez-moi vous la chanter et vous comprendrez tout ensuite.

La licorne se coucha dans l'herbe, son museau sur les genoux de Marie-Aude. Isidore s'assit à leurs côtés et la petite fille déposa sa tête sur l'épaule du dragon. Sire Gagalahad sortit un accordéon d'une poche de son armure, se racla la gorge, toussota une ou deux fois pour faire taire Isidore, prit une grande respiration et commença. Il chantait tout doucement, d'une belle voix de baryton. Sa chanson avait l'air de ceci :

COMPLAINTE D'UN CHEVALIER
SOLITAIRE

Messires, mesdames, créatures variées,
Oyez, oyez, OYEZ!!!
La triste complainte du Chevalier.
Je suis un pauvre Chevalier solitaire
Oui! Tout seul, sur terre, sur mer et dans les airs.

Je n'ai pas d'écuyer, zut! ni de bien-aimée.
Ainsi, pour partager mes grandes épopées

(Car elles coûtent fort cher, plus que vous ne
   pensez)
Je n'ai que ma fidèle et adorable épée.

On dit — quelle honte! — que je suis excessif
Et même — j'en rougis — légèrement
dépressif.
D'accord, je l'avoue! Ô rage! Ô désespoir!
Je ne fais que broyer du noir!

Il est vrai que d'autres Chevaliers, ma foi,
Sont aussi solitaires que moi.

Capédédiou! Ils ne s'en sortent pas plus mal
Mais moi, je n'ai même pas de cheval!

Sire Gagalahad s'interrompit brusquement et fixa chacun de ses auditeurs droit dans les yeux pendant un long moment. Puis, levant les bras au ciel, il s'écria d'un ton déchirant:

— Pas de cheval! N'est-ce pas ÉPOUVANTABLE?

Et il reprit sa complainte.

Un chevalier sans cheval
C'est comme un match de tennis sans balle
C'est comme un poisson sans bulles
C'est complètement ridicule!

Maintenant que vous avez écouté ma chanson
Que vous connaissez ma triste infortune
Vous vous exclamerez, et avec raison,

— Qu'elle est jolie, ce soir, la lune! s'exclama Isidore, sans remarquer qu'il terminait la rime.

Le Chevalier solitaire sursauta, s'embrouilla dans son texte et fit une fausse note sur son accordéon. Pour que personne ne la remarque, il termina sa chanson par quelques pas de valse et un triple saut périlleux arrière.

Marie-Aude, Isidore et la licorne applaudirent avec enthousiasme. Sire Gagalahad salua modestement, pour ne pas tomber à nouveau.

— Et voilà, déclara-t-il lorsque les bravos et les hourras se furent calmés. Vous savez tout. Je suis un Chevalier sans cheval… une pâle imitation d'un vrai Chevalier… un moins que rien… un pauvre abruti plein d'illusions…

Et Sire Gagalahad se mit à pleurer. En voyant cela, la licorne qui, on le sait, est très sensible, se mit à pleurer elle aussi. Isidore, qui ne voulait pas être en reste, se mit à pleurer plus fort que tout le monde, laissant Marie-Aude totalement éberluée devant tous ces sanglots subits.

— J'ai une idée! cria-t-elle pour couvrir le bruit ambiant.

Isidore, Gagalahad et la licorne se turent et se tournèrent vers Marie-Aude.

— C'est fort simple, expliqua-t-elle rapidement. Sire Gagalahad est malheureux parce qu'il n'a pas de cheval et la licorne est malheureuse parce qu'elle est toute seule. La licorne n'a qu'à devenir le cheval de Gaga et tout le monde sera content!

Sire Gagalahad et la licorne trouvèrent cette idée parfaitement géniale. Ils riaient et bondissaient de joie. Effectivement, cela arrangeait tout!

— Merci, Marie-Aude, dit la licorne. Tu es une petite fille absolument merveilleuse.

— Merci de tout coeur, gente dame, proclama Sire Gagalahad. Je suis maintenant un vrai Chevalier et je peux faire mon métier sans honte!

Et ils partirent, heureux et pleins de projets.

— Ils font une drôle d'équipe, remarqua Marie-Aude en souriant. Un Chevalier au long nez et une licorne zébrée...

— Bah! Au pays du papier peint, un couple pareil, c'est tout à fait ordinaire! conclut Isidore.

CHAPITRE QUATRE

LE TROU DANS
LE CIEL

Ce jour-là, Marie-Aude atterrit au pays du papier peint de fort mauvaise humeur. Quelle journée! Pour commencer, à l'école, alors qu'elle n'avait même pas ouvert la bouche, l'institutrice lui avait fait copier cent fois la phrase «Je ne parlerai plus en classe car cela dérange mes camarades qui essaient de travailler.» La coupable, c'était cette horrible Pascale, dans la rangée à côté. Évidemment, l'institutrice n'avait rien voulu entendre et Marie-Aude avait dû vaillamment endurer la punition et copier jusqu'à ce que ses pauvres petits doigts semblent prêts à tomber.

Ensuite, à l'heure du dîner, cet imbécile de maladroit de Philippe avait réussi à s'asseoir sur le sac de lunch de la petite fille, transformant son sandwich au jambon en une bouillie tout à fait dégoûtante qu'elle s'était empressée, dans un élan de colère assez compréhensible, de lui écrabouiller dans la figure. Et comme elle n'avait pas remarqué le directeur qui passait à ce moment-là, elle s'était, bien entendu, retrouvée en retenue.

Enfin, une fois rentrée à la maison, Alexandre s'était précipité sur elle pour l'ennuyer avec une histoire complètement abracadabrante de souris, de réveille-matin géant et de pays à l'envers.[1] Papa avait fait brûler le rôti, maman avait eu une dispute avec son patron, tout le monde était très fatigué. Et pour couronner cette extraordinaire série de désastres, une panne d'électricité lui avait fait manquer son émission favorite. Non mais, quelle journée !

Marie-Aude ouvrit les yeux, balaya d'un long regard attendri cette forêt qu'elle aimait tant et poussa un gigantesque soupir de soulagement. Enfin, un peu de calme ! Il ne lui restait plus qu'à aller retrouver ses amis Isidore, Sire Gagalahad et la licorne zébrée pour oublier le plus vite possible cette épouvantable journée de calamités.

---

(1) Voir « Le pays à l'envers », du même auteur, Éditions Héritage

— Où peuvent-ils donc bien être? dit-elle impatiemment. Tiens, une enveloppe!

En effet, au pied d'un petit sapin touffu se trouvait une énorme enveloppe de couleur crème, marquée URGENT. Elle était adressée à Marie-Aude, en belles grosses lettres dorées pleines d'arabesques.

— Oh la la, comme c'est mystérieux! s'écria-t-elle joyeusement.

Tremblante de curiosité, elle s'empressa d'ouvrir l'enveloppe, car elle adorait les surprises. Voici ce qu'elle lut fébrilement :

Mademoiselle Marie-Aude est cordialement invitée à une réception commémorant le premier mois d'association de Sire Gagalahad et de la licorne zébrée, cet après-midi, dans la grande clairière.

— Un anniversaire! fit Marie-Aude en souriant. Une invitation à un anniversaire! Ça, c'est gentil!

Son moral considérablement remonté par cette agréable surprise, elle partit en direction de la grande clairière.

La petite fille n'eut pas beaucoup de difficulté à trouver l'endroit : les invités étaient si bruyants qu'elle n'eut qu'à se diriger au son. La réception était un succès monstre. Presque tous les habitants du monde du papier peint étaient présents. Il y avait des dragons, des magiciens et même des licornes (eh oui ! elles s'étaient enfin réconciliées avec leur soeur zébrée). Sire Gagalahad portait une armure d'apparat sertie de diamants et de joyaux éclatants et paradait fièrement avec la licorne zébrée dont la robe, bien brossée et étrillée, brillait comme une fourrure de grand prix. Isidore, sur qui l'honneur des « de la Flammèche » reposait, avait tout mis en oeuvre pour se faire le plus beau possible. Il était vêtu d'un habit de soirée de velours noir et portait un noeud papillon et un chapeau haut de forme. Une canne à pommeau doré ajoutait la touche finale à cette toilette d'une élégance raffinée. Il avait tout à fait l'air du parfait dragon gentleman.

Cette joyeuse compagnie applaudit l'entrée de Marie-Aude pendant plus de cinq minutes : notre amie était une célébrité dans le monde du papier peint ! On fit les présentations, on parla de la pluie, du beau temps et de la dernière partie de hockey, on but de la limonade et on s'empiffra honteusement de gâteaux à la crème. Cette fête était la plus réussie des dix dernières années.

— Mes chers amis, proclama Marie-Aude après qu'Isidore eut fait taire tout le monde (en les menaçant

gentiment de carboniser sur place les récalcitrants), je voudrais maintenant lever mon verre et porter un toast en l'honneur de nos hôtes, Sire Gagalahad et la licorne zébrée. De tout mon coeur, je leur souhaite…

On ne sut jamais ce que Marie-Aude allait leur souhaiter, car elle fut soudain interrompue par un terrible bruit, assourdissant et tout à fait indescriptible. Le ciel s'assombrit d'un coup et de violentes rafales de vent se mirent à souffler, emportant feuilles, chapeaux et assiettes de papier. Les invités, pris de panique et aveuglés par tout ce qui flottait dans les airs, sautaient sur place ou couraient dans tous les sens, en criant des tas de choses utiles comme « Au secours ! » « C'est la fin du monde ! » et « Les femmes, les enfants et les dragons d'abord ! » Sire Gagalahad, voyant là une excellente occasion de démontrer sa bravoure, empoigna Marie-Aude comme un sac de pommes de terre et la jeta sans attendre sur le dos de la licorne.

— Va, cours, vole ! dit-il à sa monture. Conduis cette gente dame en sûreté et veille sur elle. Je te la confie. Je vais m'occuper de ce sortilège maléfique.

La licorne acquiesça en piaffant et partit au galop, sa crinière d'argent claquant au vent comme une bannière. Sire Gagalahad se retourna, sortit son épée du fourreau, baissa la visière de son casque d'un geste rapide et s'élança en hurlant son cri de guerre : « Ouille-ouille-

ouille-OUILLE! » Il s'arrêta au milieu de la clairière et, brandissant son épée vers le ciel, il s'écria d'une voix tonnante :

— Puissances des Ténèbres, je vous défie! Venez vous battre, mauvais génies! Montrez-vous, démons!

Il ne reçut pour toute réponse qu'un peu plus de vent, de feuilles, de chapeaux et d'assiettes de papier dans la figure.

— Auriez-vous peur, par la mordiable? reprit-il. Mais montrez-vous donc, bandes de lâches! JE-VEUX-VOUS-VOIR!

Sire Gagalahad était absolument furieux. Quels genres de démons stupides pouvaient faire un bruit pareil et produire un tel vent, et ensuite se moquer de lui et le laisser s'égosiller en pure perte?

— Vous pourriez au moins avoir la décence de répondre, grogna-t-il. J'ai l'air de quoi, moi, maintenant?

Il s'agenouilla et mit ses mains en porte-voix.

— Hé! Ho! J'essaie de faire mon travail, ici, vous savez! Un peu de collaboration ne serait pas de refus! S'il vous plaît, démons, supplia-t-il, montrez-vous et laissez-moi vous occire!

Il sentit une main sur son épaule et sursauta avec un grand « AAAAH!!! » de frayeur. Il se retourna vivement : c'était Marie-Aude et la licorne.

— N'ayez pas peur, Sire Gagalahad, dit Marie-Aude. Le bruit a cessé et le vent est complètement tombé. Vous n'aviez pas remarqué?

Le Chevalier regarda autour de lui. Marie-Aude avait raison. Il faisait encore sombre mais il n'y avait plus de vent et on pouvait de nouveau voir où on allait. Il fit « hum » avec satisfaction.

— Eh bien, dit-il fièrement, ils ont eu peur et ils se sont sauvés, ces démons, hmmm? Mais pourquoi fait-il si noir?

Sire Gagalahad, la licorne et Marie-Aude levèrent tous trois les yeux au ciel. Et ce qu'ils virent était tout simplement incroyable.

Il y avait un énorme *trou* dans le ciel! Une immense déchirure noire traversait le firmament et découpait le soleil en deux parties maintenant ternes et sans vie.

Il y eut un long moment de silence, que Marie-Aude brisa enfin en murmurant, très impressionnée:

— Ça alors... mais ça alors... ça explique tout...

— Un trou dans le ciel, chuchota la licorne incrédule. C'est complètement fou!

Marie-Aude réfléchit une minute, se gratta la tête en souriant de son sourire bizarre et claqua des doigts.

— Ne bougez pas d'ici, conseilla-t-elle à ses deux amis, je reviens dans trente secondes.

Puis elle s'envola et disparut.

— C'est bien ce que je pensais, grommela Marie-Aude en arrivant dans sa chambre.

Son papier peint adoré était bel et bien déchiré. Elle s'assit sur son lit, en observant le gâchis et se passa une main dans les cheveux. Que pouvait-elle faire maintenant pour réparer le ciel du monde du papier peint?

— Je suppose que c'est encore une bêtise d'Alexandre, dit-elle en soupirant. Je crois bien que je devrais le vendre, ce petit frère de malheur!

Marie-Aude se trompait. Alexandre, pour une fois, n'y était pour rien. C'était son papa qui avait fait la gaffe, en voulant ouvrir la fenêtre de la chambre. La fenêtre était bloquée et lorsqu'elle s'était finalement et brusquement ouverte, papa avait perdu l'équilibre, était tombé en pirouette arrière et son talon avait déchiré le papier. Mais il ne l'avait pas remarqué et Alexandre se fit proprement disputer et punir à sa place.

Marie-Aude répara le trou du mieux qu'elle put. Et c'est depuis ce temps qu'on peut voir un gigantesque morceau de ruban adhésif dans le ciel du monde du papier peint, réunissant tant bien que mal les deux moitiés du soleil.

— Et maintenant, déclara Marie-Aude en se frottant les mains, nous avons une petite fête à terminer.

Et elle s'élança contre le mur.

CHAPITRE CINQ

LE PHÉNIX

Au milieu de la forêt du monde du papier peint se trouvait une énorme et majestueuse montagne, qu'on appelait Pic du Phénix parce qu'une ancienne légende disait qu'un vieux phénix vivait sur son sommet. Le phénix est un grand oiseau magique que l'on rencontre assez peu souvent chez nous. Sa tête est ornée d'une huppe étincelante, les plumes de son cou sont dorées, celles couvrant son corps sont pourpres et sa queue est blanche et rouge. Son bec d'argent est si puissant qu'il peut briser des chaînes d'acier sans le moindre effort et ses yeux inquiétants brillent comme des étoiles. C'est un superbe volatile qui vit habituellement plusieurs milliers d'années et qui possède un pouvoir absolument incroyable : après sa mort, il peut renaître de ses cendres. En effet, cet oiseau extraordinaire a une habitude tout à fait spéciale, quoique un peu morbide ; lorsqu'il sent la fin de sa longue vie approcher, il construit un gros bûcher et s'installe au milieu. Quand les premiers rayons du soleil touchent le bois empilé, celui-ci s'enflamme d'un coup, brûlant et carbonisant le phénix. Puis, le soir venu, les cendres froides de la créature se soudent littéralement l'une à l'autre, et de cette étrange cérémonie émerge un autre phénix, prêt à vivre pour encore quelques siècles.

La légende du Pic du Phénix n'était pas vraiment qu'une légende. Effectivement, un très très vieux phénix vivait en solitaire au sommet de la montagne. Généralement, les phénix sont des créatures d'une grande bonté, toujours prêts à rendre service ou à secourir les gens dans le besoin. Mais ce phénix-là n'était pas un phénix ordinaire. C'était une vieille bête bougonne que l'âge et la solitude avaient aigrie et rendue hargneuse. Il était toujours de mauvaise humeur, ne riait jamais et passait des journées entières à imaginer des plans pour ennuyer tout le monde. Heureusement pour les habitants de la forêt, il ne mettait jamais ces plans à exécution, car en plus d'être tout à fait méchant, il était irrémédiablement paresseux. Sans aucun doute, ce phénix était le personnage le moins sympathique de tout le pays du papier peint !

Mais un jour, à la surprise générale, il décida de réaliser une de ses idées démoniaques. Voici comment tout cela arriva :

Cet après-midi-là, Marie-Aude, Sire Gagalahad et la licorne se promenaient tranquillement dans la forêt, pour digérer l'excellent pique-nique qu'ils venaient de terminer. C'était une journée magnifique. Le soleil réparé brillait de son mieux et une douce brise faisait gaiement chuchoter entre elles les feuilles des arbres. Les écureuils couraient et sautaient de tous les côtés en criant et en se lançant des noisettes. Un arôme fin et délicat de rosiers sauvages flottait discrètement dans l'air. En marchant, Sire Gagalahad racontait des blagues de Chevaliers, la licorne racontait des blagues de licornes et Marie-Aude riait d'un rire de petite fille.

Ils entrèrent dans une petite clairière aux herbes agitées par le vent et pleine de chants d'oiseaux. Marie-Aude inspira profondément, sourit de son sourire si personnel et leva les bras au ciel. Elle était heureuse et triste à la fois, sans savoir tout à fait pourquoi.

— Oh ! s'écria-t-elle, j'aime tant cet endroit !

La licorne s'approcha, déposa son museau sur l'épaule de la petite fille et soupira longuement.

— Nous t'aimons aussi, Marie-Aude, murmura la belle créature d'un ton mélancolique. Tous autant que nous sommes, nous t'aimons beaucoup et nous ne t'oublierons jamais.

— Ça, c'est bien vrai, grogna Sire Gagalahad en toussotant comme s'il avait quelque chose dans la gorge.

Il y eut une minute de silence inconfortable puis Marie-Aude demanda, avec un rire un peu forcé :

— En parlant de tout le monde, où est donc rendu Isidore ? Je ne l'ai pas vu de la journée !

Sire Gagalahad se retourna vivement, cria « Ouille-ouille-ouille-OUILLE ! ! ! » et remonta sa visière sur son front.

— Il est parti à l'autre bout de la forêt, expliqua-t-il en apposant un nouveau bout de pansement sur son nez, car il a été invité à participer à un grand congrès de dragons, quelque chose de très important et de très officiel. Toutes les familles de dragons y sont présentes et Isidore est à la tête de la délégation des « de la Flammèche ». Il était si énervé avant de partir qu'il a failli me brûler les moustaches trois fois de suite. Il devrait revenir ce soir... mais - mais qu'est-ce que c'est que ça ?

Une immense ombre noire descendait du ciel et fon-

çait vers nos amis. C'était un oiseau aux ailes pourpres, au bec d'argent, aux yeux d'étoiles — le phénix !

Tout se passa en une demi-seconde. Le phénix plongea à toute vitesse sur Marie-Aude et l'empoigna rudement dans ses serres crochues en poussant un hurlement terrifiant. Marie-Aude cria et se débattit en vain ; la formidable bête était trop forte. Sire Gagalahad cligna des yeux, complètement pris au dépourvu. Il voulut sortir son épée, mais il était déjà trop tard. Le phénix battit des ailes une ou deux fois et s'envola, emportant la pauvre enfant avec lui. Son envol créa un tel vent que le Chevalier et la licorne se retrouvèrent assis par terre, tout à fait désemparés. Le phénix et sa victime disparurent rapidement dans les nuages, mais le rire lugubre de la méchante créature résonna longtemps dans la petite clairière.

Marie-Aude était terrorisée. Elle n'osait pas regarder vers le bas : elle gardait les yeux obstinément fermés et restait parfaitement immobile, en priant de toutes ses forces pour que le phénix ne l'échappe pas.

« À la hauteur où nous sommes, pensa-t-elle en se mordant nerveusement les lèvres, si je tombais, je suppose qu'en arrivant au sol, j'éclaterais en milliers de petits morceaux de Marie-Aude éparpillés dans le décor ! Brrr... »

Le phénix filait dans le ciel, comme un obus. Et tout en volant il se parlait à lui-même, en marmonnant d'un ton satisfait :

— Le vieux phénix, hmmm? Paresseux, hmmm? Vieux fou, hmmm? Ah! Je leur ai bien montré à ces imbéciles! Paresseux, vraiment!

Ils volèrent ainsi pendant encore quelques minutes puis Marie-Aude ouvrit les yeux, en sentant que l'oiseau ralentissait un peu. Ils étaient au sommet de la montagne, juste au-dessus du nid du phénix. La créature éclata de rire, plana lentement à quelques mètres de son logis et ouvrit toutes grandes ses serres.

Et bing, bang, bong et PLAF! Marie-Aude dégringola — Ouille! — jusque dans le nid, et en fut quitte pour une grosse bosse sur la tête. Elle s'assit craintivement dans les branchages, en regardant de tous les côtés pour trouver une éventuelle façon de s'enfuir. Peine perdue : le nid se trouvait sur une haute pointe rocheuse aux parois glissantes.

Le phénix s'approcha tranquillement de la petite fille, en souriant de tout son bec. Il était très fier de lui.

— Eh bien, Marie-Aude! déclara-t-il en ricanant. Oh, tu te demandes comment je connais ton nom, hmmm? Mais tu es très célèbre au pays du papier peint, Marie-Aude, oui oui, très célèbre !

Il étendit paresseusement ses ailes et entreprit de lisser ses plumes.

— Tu es maintenant ma prisonnière, Marie-Aude, continua la méchante bête, et tu resteras ici pour toujours ! Tu ne peux pas te sauver, hmmm? Tu te romprais le cou, si tu essayais, hmmm?

La fillette recula un peu plus dans les branches, en tremblotant. Le phénix se gratta l'arrière de la tête.

— Si tu m'écoutes attentivement et que tu fais tout ce que je te dirai de faire, nous nous entendrons parfaitement, dit-il. Mais essaie seulement de me trahir, une seule fois, et tu sais ce qui t'arrivera, hmmm? Tu as une idée?

Le phénix étira le cou et fit violemment claquer son bec argent devant le nez de Marie-Aude. Elle déglutit péniblement et se passa une main dans les cheveux.

— Vous... euh... vous allez m-me dé-dé-dévorer? balbutia-t-elle avec difficulté.

La créature de cauchemar secoua la tête, puis

s'approcha si près que la petite fille fut presque aveuglée par les yeux d'étoiles scintillantes de son geôlier.

— Oh non, murmura le phénix d'une voix douce, je ne te dévorerai pas. Ce que j'ai en tête est beaucoup plus amusant, Marie-Aude. Si tu tentes quoi que ce soit contre moi, hmmm? Je t'attraperai et t'emmènerai pour une petite promenade haut dans les airs, hmmm? si haut que tu ne verras même plus le sol sous tes pieds… et je te laisserai tomber, hmmm? Boum, n'est-ce pas? Tu comprends?

Marie-Aude ne répondit pas.

— TU COMPRENDS? hurla le phénix en battant furieusement des ailes.

— Ou-oui, chuchota-t-elle d'une voix blanche.

Le phénix se releva et s'éclaircit la gorge.

— Bien, dit-il. Et maintenant, tais-toi, je veux faire une petite sieste.

Et l'oiseau de malheur s'endormit, la laissant à ses angoisses.

Marie-Aude dut s'adapter rapidement à la vie sur le

Pic du Phénix. Ses journées étaient divisées comme suit :

6 h - Lever et déjeuner
6 h 30 à midi - Nettoyage complet du nid
Midi à midi trente - Dîner
Midi trente à 17 h - Distractions du phénix :
    (histoires, chants et danses)
17 h à 17 h 30 - Souper
17 h 30 à 20 h 30 - Distractions du phénix
    (voir ci-dessus)
20 h 30 - Coucher

Elle devait travailler très fort et pleurait tous les soirs en s'endormant, tant était grand son désespoir. Oh, il semblait bien que le phénix avait raison ! Il n'y avait aucun moyen de s'enfuir de cet horrible endroit. Son seul espoir était que Sire Gagalahad et ses amis trouvent une solution pour lui venir en aide. Sinon... elle allait passer le reste de sa vie avec cette espèce d'ogre emplumé... quelle épouvantable perspective !

Marie-Aude avait bien raison de faire confiance à ses amis. Sire Gagalahad, la licorne et Isidore ne l'avaient pas oubliée. Et le courageux Chevalier, dont l'imagination était étonnamment fertile, eut tôt fait de mettre au point un plan pour sauver la petite fille. Écoute bien...

Le troisième jour après son enlèvement, alors que Marie-Aude lui racontait avec son talent habituel l'histoire du petit Chaperon Rouge, le phénix releva soudain la tête, huma l'air en fronçant les sourcils puis grogna :

— Quelqu'un approche.

Elle se tut, n'osant y croire. Le phénix fixait le ciel de ses yeux flamboyants et claquait nerveusement du bec. Tout d'abord, on entendit un étrange bruit, comme un battement d'hélice. Le bruit s'intensifia lentement, jusqu'à devenir tout à fait assourdissant... et, tout à coup, un gigantesque ballon dirigeable émergea des nuages en avançant droit sur le nid. Le phénix poussa un long cri de rage et s'envola sans attendre, prêt à déchiqueter la toile du ballon à grands coups de bec.

Les fenêtres de la petite cabine sous le ballon s'ouvrirent et Sire Gagalahad, la licorne zébrée et Isidore de la Flammèche sortirent chacun la tête, en agitant follement les bras et les sabots. Marie-Aude hurla de joie en les reconnaissant.

— Attention! cria-t-elle. Le phénix est très en colère!

— N'ayez crainte, gente dame, proclama Sire Gagalahad, nous avons pensé à tout! À toi, Isidore!

Et Isidore fit alors quelque chose de très brave. Il lança une échelle de corde vers Marie-Aude et se mit à descendre, tout en insultant proprement le phénix pour détourner son attention du ballon.

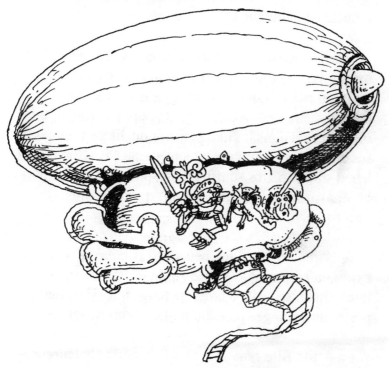

— Eh, espèce de vieux poulet déplumé! Tu ne sais plus voler correctement? Qu'est-ce que c'est que ces zigzags de perdrix malade?

— QUOI? cria le phénix d'un ton strident. Je vais t'apprendre, moi!

L'oiseau maléfique était absolument livide de rage. Il fit un grand looping et fonça à toute vitesse sur le pauvre dragon. Isidore attendit jusqu'au dernier moment... il allait se faire dévorer... La fillette cacha sa figure dans ses mains... et soudain, le phénix se mit à hurler de douleur.

Marie-Aude leva les yeux. Le phénix était en train de brûler vif! Isidore venait de lui souffler à la figure deux ou trois grandes flammes rouges orangées et le phénix s'était embrasé d'un seul coup. L'extraordinaire oiseau brûla dans les airs pendant quelques minutes et ses cris atroces diminuèrent lentement. Puis Sire Gagalahad sortit un gros soufflet d'une poche de son armure et éparpilla les cendres aux quatre coins de la montagne.

— Ainsi, il aura un peu de difficulté à renaître, expliqua-t-il lorsque Marie-Aude et Isidore furent de nouveau en sécurité à bord du dirigeable. Il ne devrait pas nous déranger pendant un bon bout de temps!

La petite fille remercia tout le monde chaleureusement et embrassa Isidore en particulier.

— Isidore, dit-elle, tu as risqué ta vie pour moi?

Le dragon eut l'air embarrassé.

— Nous t'aimons tous beaucoup, tu sais, fit-il en regardant ailleurs. Nous ne pouvions pas t'abandonner.

Sire Gagalahad éclata de rire.

— De toute façon, cela nous a donné l'occasion d'essayer mon nouveau ballon dirigeable ! Vous n'avez pas idée de ce que ça peut coûter, un jouet pareil !

Puis ils retournèrent dans la forêt. Et derrière eux, donnant l'impression d'être très très loin, une voix murmura d'un ton vengeur :

— Je reviendrai, hmmm ?

Mais nos amis ne l'entendirent pas.

CHAPITRE SIX

LA PRINCESSE DES SIRÈNES SE MARIE

La nouvelle avait fait le tour de la forêt à une vitesse folle. La Princesse des sirènes allait se marier ! Ses messagers le claironnaient dans tous les coins du monde du papier peint, en invitant les habitants à la réception pendant laquelle serait annoncé le nom du futur époux. Évidemment, tout le monde était fou d'impatience et de curiosité et chacun y allait de sa petite suggestion quant à la mystérieuse identité de l'élu.

Ah ! les sirènes étaient vraiment de fabuleuses créatures ! Ces êtres mi-humains, mi-poissons formaient un grand peuple qui habitait un gigantesque royaume sous-marin s'étendant de la mer des Caramels à l'océan Fla-canflic. Ils (car il existe aussi des messieurs sirènes) étaient gouvernés avec sagesse par le Roi Ressac VII et son épouse, la Reine Marée. Les souverains n'avaient qu'un seul enfant : la Princesse, qu'ils aimaient plus que tout au monde et dont ils étaient très fiers. Elle s'appelait Vaguelette.

Il est reconnu que les jeunes filles sirènes sont ravissantes, intelligentes et qu'elles ont toujours bon caractère. Eh bien, la Princesse Vaguelette était plus ravissante et plus intelligente que toutes les autres sirènes réunies, mais malheureusement, il faut bien l'avouer, elle était affligée d'un caractère épouvantable. Elle avait de longs cheveux dorés qui ondulaient doucement derrière elle quand elle nageait, ses yeux pâles brillaient comme un cristal au soleil et les écailles de sa queue scintillaient de millions de teintes différentes et subtiles.

Elle était très instruite et connaissait tout de son royaume : les habitudes nocturnes des hippocampes, pourquoi les homards marchent à reculons, le nombre de dents dans la gueule d'un requin et des tas d'autres choses importantes de ce genre. Mais on ne pouvait nier qu'elle était absolument insupportable. Ses sautes d'humeur étaient devenues légendaires d'un bout à l'autre du monde du papier peint.

Le matin de la réception, tous les invités se retrouvèrent sur la superbe plage de Clapotis-les-Bains, sur les bords du Flacanflic. Le soleil faisait malicieusement briller les petites vagues qui roulaient paresseusement sur le sable blanc.

— Je me demande vraiment qui sera nommé Prince des sirènes aujourd'hui, déclara Marie-Aude à Isidore.

— Personne n'en a la moindre idée, gente dame, fit Sire Gagalahad en s'essuyant le front, car son armure était atrocement inconfortable par cette chaleur. Le secret a été extraordinairement bien gardé.

Isidore battit des mains.

— J'adore les surprises! s'écria-t-il en riant.

La licorne zébrée eut un sourire en coin.

— Si la moitié de ce que j'ai entendu à propos de la Princesse Vaguelette est vraie, observa-t-elle avec un léger hennissement, la surprise risque d'être plus ou moins agréable pour le futur époux.

— Chut! Les voilà! fit devant eux un magicien en robe bleue et argentée en portant son index à ses lèvres.

Un murmure respectueux traversa la foule. Les

trompettes sonnèrent, les tambours se mirent à battre et les bannières à claquer et soudain, la famille royale émergea des flots, suivie des innombrables membres de la Cour. Après un moment d'hésitation (un spectacle aussi grandiose impressionne toujours un peu), tout le monde applaudit en criant « Bravo ! Encore ! » et « Youppi tralala pouêt pouêt ! ! ! »

Le Roi et la Reine saluèrent modestement, en souriant à la ronde, puis allèrent s'asseoir sur de larges trônes de corail écarlate perchés sur les récifs. Ils avaient l'air très heureux.

La Princesse Vaguelette nagea gracieusement vers ses parents et s'installa aux pieds de son père, en souriant elle aussi. Elle était encore plus belle que tout ce qu'on avait pu raconter à son sujet. Ses cheveux étaient si étincelants qu'on ne pouvait les regarder directement et ses lèvres étaient plus rouges que le sang. Elle portait une adorable robe d'écume de mer qui dansait sur ses épaules ; un léger voile d'algues translucides était relevé sur son front.

On entendit quelques BONGS et PLOUFS dispersés : un certain nombre de jeunes hommes, sur terre et dans l'eau, venaient de s'évanouir, estomaqués par tant de beauté. Un garde sirène s'avança, souffla une ou deux fois dans sa corne de brume et proclama d'une voix tonnante :

— Mesdames et messieurs, Sa Majesté le Roi Ressac VII !

Le Roi se leva lentement, fit taire tout le monde d'un tourniquet de son sceptre, faillit échapper sa couronne et s'éclaircit la gorge.

— Hahum, hahum, hahum. Mes chers amis, commença-t-il, nous sommes réunis aujourd'hui pour connaître le nom de celui qui sera vraisemblablement Roi des sirènes d'ici quelques années. J'ignore tout autant que vous l'identité de mon futur gendre et je meurs d'impatience. Je vais donc, sans plus tarder, laisser ma fille bien-aimée nous apprendre la bonne nouvelle.

Le garde s'avança pour sonner sa trompette et annoncer officiellement la Princesse Vaguelette, mais celle-ci ne lui en laissa pas le temps : elle se leva tout de suite. Le garde retourna s'asseoir en grommelant, l'air très fâché.

— Merci, père, dit-elle doucement, d'une voix magique. J'ai beaucoup réfléchi, ces derniers jours, et j'ai finalement fait mon choix.

La foule fit « Aaaaaaaah ! » avec satisfaction.

— Et j'ai décidé, reprit la Princesse, que celui qui se mériterait l'honneur de devenir mon époux serait...

Elle fit une pause, savourant le suspense. L'auditoire retenait son souffle.

— Sire Gagalahad, Chevalier de la Chaise longue ! déclara-t-elle enfin.

— QUOI ? hurla Sire Gagalahad.

— QUOI ? hurla la licorne zébrée.

83

83

— QUOI? hurla Marie-Aude.

Isidore essaya bien de hurler «QUOI» à son tour, mais il ne réussit qu'à éclater de rire ; il s'assit par terre en riant et riant et riant aux larmes. Il se donnait de grandes claques sur les cuisses.

Sire Gagalahad fut poussé et tiré et bousculé jusqu'au bord de l'eau. Il était très pâle et tremblait un peu. Le Roi Ressac s'approcha de lui, en lui tendant les bras.

— Heureux homme! s'écria-t-il. Comme je suis content pour vous!

— Mais - mais - mais, balbutia le pauvre Chevalier, je - je - je...

La Princesse Vaguelette fut à leurs côtés en trois coups de queue énergiques. Elle ne souriait déjà plus.

— Alors, mon bien-aimé, dit-elle sévèrement à Gagalahad, je vous choisis comme époux et c'est tout ce que vous trouvez à dire? N'êtes-vous pas reconnaissant, espèce d'ingrat?

De toute sa vie, Sire Gagalahad n'avait jamais été aussi embarrassé. Il bégayait, se tournait les pouces et évitait de regarder Vaguelette dans les yeux.

— Hum... eh bien... fit-il fort gêné,... c'est-à-dire que... je... hum... je ne suis pas une sirène, moi!... voyez-vous...

La Princesse éclata de rire.

— Oh! est-ce donc ce qui vous trouble? Pas de problèmes, mon amour, pas de problèmes! Les magiciens royaux viennent tout juste d'inventer une amusante formule magique qui résoudra en une seconde ce point mineur. Il s'agit d'une tartinade aux pouvoirs très spéciaux : on en met un peu sur une tranche de pain et, après une bouchée, on se transforme en sirène! Vous verrez, c'est très bon : on dit que cela goûte le chocolat.

Le Chevalier jeta un coup d'oeil derrière lui. Marie-Aude le regarda et secoua la tête en signe d'impuissance, puis elle continua à réconforter du mieux qu'elle le pouvait la pauvre licorne qui avait l'air absolument désespérée. Quant à Isidore... hum... ce faux frère de dragon se tordait encore de rire.

Sire Gagalahad leva les yeux au ciel, alarmé. Il n'avait pas du tout envie de devenir une sirène! Que faire?

— Tout cela est très bien, dit-il au Roi. Seulement, il y a encore un minuscule détail à régler...

Il fit signe au Roi de s'approcher pour qu'il puisse lui chuchoter dans l'oreille. Il mit ses mains en porte-voix…

— JE NE VEUX PAS ÉPOUSER LA PRINCESSE!!! cria-t-il à pleins poumons.

Le Roi sursauta, épouvanté, et tomba à la renverse dans un grand PLOUAFFF humide.

— Voilà, conclut Sire Gagalahad en essuyant son armure.

La Princesse Vaguelette rougit de colère. Comment ce Chevalier pouvait-il oser refuser sa demande en mariage? Impensable! Quelle impertinence!

— Mais vous n'avez pas le choix! cria-t-elle en secouant ses longs cheveux. Père, dites-lui qu'il *doit* m'épouser!

Elle était vraiment très très très fâchée. Ses yeux lançaient des éclairs, ses lèvres tremblaient et elle frappait la surface de l'eau à grands coups de poing rageurs, éclaboussant tout le monde.

— Eh bien, dit le Roi en se relevant péniblement, ma fille n'a pas tout à fait tort, Sire. Vous devez la marier, à moins que quelqu'un ici ne s'y oppose et veuille lui-même ma fille pour épouse. C'est la Loi des...

Et à ce moment, au soulagement éternel de Sire Gagalahad, Ressac VII fut interrompu par une voix derrière lui.

— Moi! déclara la voix. Je m'oppose à ce mariage!

La foule eut un sursaut de surprise. Le Roi et sa fille se retournèrent d'un coup, très étonnés. La voix appartenait à un jeune homme sirène de la Cour : il était fort séduisant et se nommait Roulis du Tangage, vicomte de la Mer des Caramels.

— J'aime la Princesse, reprit Roulis en s'avançant et je veux l'épouser!

Sire Gagalahad, la licorne, Marie-Aude et Isidore poussèrent un long soupir de soulagement. La Princesse sourit malgré elle. Elle leva la main pour demander l'attention de tout le monde.

— Ainsi, vicomte Roulis, dit-elle avec une trace d'amusement dans la voix, vous m'aimez, dites-vous?

— Plus que tout au monde! proclama passionnément Roulis. Je vous appartiens corps et âme, Princesse!

— Eh bien, fit Vaguelette, nous avons là un dilemme fort ennuyeux, ne trouvez-vous pas ?

Sire Gagalahad fit « Hum », se gratta la tête, réfléchit un instant puis sortit d'une poche de son armure un large écu d'or.

— Si vous le permettez, Princesse, fit-il respectueusement, je crois que je peux régler cette affaire assez facilement et de la façon la plus juste possible.

Il se tourna vers le vicomte Roulis et lui dit :

— Je prends face, vous prenez pile. D'accord ?

Roulis hésita une demi-seconde.

— D'accord ! cria-t-il.

La Princesse regarda le Chevalier, le vicomte, puis hocha la tête.

Sire Gagalahad lança l'écu haut dans les airs et le rattrapa expertement dans sa main gantée de métal. Bing ! Puis il ouvrit lentement la main.

— Pile ! dit la Princesse.

— HOURRA !!! hurla le vicomte Roulis en sautant follement à gauche et à droite.

Et c'est ainsi que Sire Gagalahad faillit bien devenir Prince des sirènes.

— La Princesse et le vicomte forment tout de même un joli couple, n'est-ce pas? dit la licorne à ses amis, un peu plus tard.

Isidore éclata de rire.

— En effet ! J'espère seulement qu'il pourra s'habituer à son sale caractère !

— Oh ! protesta la licorne, j'ai l'impression que les racontars sont épouvantablement exagérés. Vaguelette m'a semblé un peu vive, d'accord, mais tout de même bien charmante.

— Vous savez, j'ai eu très peur pour vous lorsque vous avez lancé la pièce, dit Marie-Aude au Chevalier. Vous avez pris un risque énorme !

Sire Gagalahad haussa les épaules.

— Pas vraiment, fit-il en riant doucement. Vous voyez, je dois admettre que j'ai un peu triché… ma pièce d'or est une pièce truquée ! Il y a un aimant du côté face et, comme mon gant est en métal, hahaha ! elle retombe toujours côté pile ! Malin, hmmm ?

Il voulut faire un petit saut de joie, trébucha et s'étala de tout son long dans un atroce bruit de ferraille.

— Ce bon vieux Gaga, dit affectueusement Isidore, toujours le même joyeux drille !

CHAPITRE SEPT

UN DRAGON
ENVAHISSANT

Marie-Aude, adossée à un immense séquoia du monde du papier peint, se préparait à revenir dans sa chambre. Elle venait de passer plusieurs heures avec Isidore ; ils avaient joué à cache-cache dans les buissons et derrière les arbres. Marie-Aude n'arrêtait pas de gagner — il faut dire qu'Isidore ne pouvait pas rester caché longtemps... il passait toujours à un cheveu de mettre le feu aux bois et était obligé de sortir pour ne pas être rôti vivant !

— Au revoir, Isidore, lui dit-elle en l'embrassant prudemment. Dis bonjour à tout le monde de ma part.

— Promis, répondit Isidore en la saluant bien bas. Fais attention pendant le voyage de retour.

— Ne t'inquiète pas, déclara Marie-Aude en haussant les épaules, j'ai l'habitude.

Elle sourit de son drôle de sourire, répéta deux ou trois fois qu'elle voulait être dans sa chambre et se mit à flotter.

Puis quelque chose d'imprévu arriva : Isidore prit un grand élan, sauta haut dans les airs et emploigna un des talons de la petite fille. Marie-Aude voulut renverser le processus et redescendre, mais il était déjà trop tard. Elle disparut, emportant avec elle le malicieux dragon.

Lorsqu'elle fut revenue dans son monde, Marie-Aude garda les yeux fermés, tant elle craignait que le pire se soit produit. Qu'allait-elle faire si...

— Ouh la la, comme c'est joli, ici ! s'écria la voix d'Isidore, confirmant ses soupçons.

Marie-Aude grogna intérieurement et ouvrit les yeux. Le dragon contemplait la chambre, absolument fasciné.

— Dis donc, Marie-Aude, reprit Isidore, croirais-tu que j'ai douté jusqu'à la dernière minute ? Un autre monde que notre forêt… il faut bien avouer que cela semblait incroyable, non ? J'étais persuadé que tu délirais un peu, malgré ton tour de disparition fort réussi… mais maintenant, je suis tout à fait convaincu, oui, oui, oui !

Le dragon passager clandestin éclata d'un grand rire rauque et bruyant. Marie-Aude s'assit au bord de son lit, sans dire un mot, puis elle fixa Isidore droit dans les yeux. Au bout d'un moment d'hésitation, le rire du dragon faiblit et cessa, Isidore détourna les yeux d'un air coupable.

— Isidore… murmura Marie-Aude d'un ton si calme qu'il en était inquiétant.

— Mmh ? fit Isidore en essayant de se cacher discrètement sous le lit.

— As-tu seulement la plus petite idée de la grosseur de la bêtise que tu viens de commettre ?

Le dragon était tout contrit. Il réalisait maintenant les ennuis qu'il pouvait causer à sa petite amie.

— Je suis désolé, s'excusa-t-il, je n'ai pas réfléchi avant d'agir. Je voulais tellement voir ton monde !

Marie-Aude le fit taire d'un geste impérieux de la

main : la voix d'Isidore faisait trembler la maison entière.

— Pas si fort, chuchota-t-elle en fixant nerveusement la porte de sa chambre. Si mes parents t'entendent, nous serons dans un joli pétrin. Oh, qu'est-ce que je peux bien faire de toi, maintenant ?

— Marie-Aude ! fit une voix derrière la porte. Le souper est prêt ! Tu descends ?

Alarmée, Marie-Aude se passa une main dans les cheveux. Il ne fallait surtout pas que maman rencontre Isidore. En silence, elle fit signe au pauvre dragon de se cacher n'importe où, mais vite ! Isidore, tremblant de frayeur, fila sans attendre sous les couvertures du lit.

— J'arrive tout de suite, maman ! cria Marie-Aude en ouvrant la porte.

— À qui parlais-tu ? demanda sa mère.

— À personne, maman, mentit Marie-Aude en rougissant. Je jouais toute seule.

Maman regarda sa petite fille d'un oeil soupçonneux puis déclara, en apercevant le lit :

— Est-ce comme cela que tu fais ton lit, maintenant ?

Il y a une grosse bosse au milieu des couvertures!

— Je le remettrai en place après le souper, c'est promis! s'exclama précipitamment la fillette en entraînant
sa mère par la main.

Maman haussa les épaules. Décidément, Marie-
Aude était une bien étrange enfant. En descendant
l'escalier pour passer à la salle à manger, notre ami
poussa un grand soupir de soulagement: sa maman
n'avait pas remarqué les petits nuages de fumée qui sor-
taient de sous les couvertures.

Le souper se déroula à peu près normalement
jusqu'au dessert. Marie-Aude était beaucoup plus
silencieuse que d'habitude, mais comme Alexandre
était particulièrement en forme ce soir-là, personne ne
remarqua le manque d'enthousiasme de la petite fille.
Alexandre était en train de demander une troisième
portion de gâteau au chocolat, maman lui disait que
deux, c'était bien assez, papa lui répondait que bien
sûr, Alexandre, sers-toi — et soudain, une secousse
violente fit frémir la maison, de la cave jusqu'au bout
de l'antenne télé.

La famille se tut brusquement. Quelques secondes
plus tard, le bruit reprit, accompagné d'une vibration
encore plus terrible que la première.

BOUM! BOUM!

— Mais qu'est-ce que c'est que ça, chéri? demanda nerveusement maman à papa.

— Ce n'est rien, j'en suis sûr, répondit papa en essayant d'avoir l'air tout à fait calme.

— C'est un tremblement de terre! s'écria joyeusement Alexandre en lançant sa fourchette dans les airs.

BOUM! BOUM!

Ce dernier BOUM était de trop. Toute la famille se leva en même temps et se précipita au premier étage. Marie-Aude s'arrachait presque les cheveux en pensant : «Mais qu'est-ce qu'il fait, cet Isidore? Non, mais qu'est-ce qu'il fait?»

— Cela vient de la chambre de Marie-Aude! cria papa.

Ils s'arrêtèrent devant la porte. Maman se cacha derrière papa, Alexandre derrière maman et Marie-Aude resta à l'arrière, l'air totalement désespéré.

BOUM! BOUM!

Papa ouvrit la porte toute grande d'un seul coup et tout le monde s'élança dans la chambre en hurlant.

La chambre était vide.

100

Personne ne parla pendant une minute ou deux. Puis papa s'éclaircit la gorge et demanda si quelqu'un voulait une tasse de thé. Maman était d'accord et comme Alexandre voulait terminer son morceau de gâteau, ils redescendirent à la salle à manger.

— Si cela ne vous ennuie pas, fit Marie-Aude en faisant semblant de bâiller, je crois que je vais me coucher tout de suite. Je suis fatiguée.

Papa fit « hum » d'un air bizarre et suivit maman.

— Isidore ! chuchota Marie-Aude le plus fort possible, après s'être assurée qu'il n'y avait plus de danger. Isidore ! Où es-tu ? Isidore !

Pas de réponse. Le dragon semblait bien avoir complètement disparu, ce qui était encore pire que d'avoir à le cacher soi-même. Elle se jeta sur son lit, en grommelant « Oh ! cette espèce d'Isidore ! »

Un léger bruit la tira de ses réflexions. On cognait sèchement à sa fenêtre.

— Mais ma chambre est à l'étage, pensa-t-elle, surprise. Qui serait assez fou pour...

C'était Isidore. Il était suspendu au rebord de la fenêtre, si terrifié qu'il laissait échapper de longues flammes orangées à chaque respiration. Marie-Aude l'aida à rentrer dans la chambre, en tirant de toutes ses forces.

— Bon, dit-elle sévèrement quand Isidore fut assis sur le lit, j'attends des explications, monsieur de la Flammèche.

— Eh bien, voilà, déclara Isidore en se tournant les pouces. Je m'étais dit que si vraiment ces petits dessins sur les murs sont ma forêt et mes copains, je pourrais peut-être les rejoindre en me lançant contre un mur avec assez de force… mais ça n'a pas marché. Je crois même qu'un autre essai et boum! le mur se serait écroulé. Vous avez bien fait de m'interrompre. J'ai eu peur et je me suis caché où j'ai pu.

Il prit un air désolé, baissa la tête honteusement et dit doucement :

— C'est tout.

Marie-Aude avait eu la ferme intention de disputer rigoureusement le dragon qui le méritait bien, mais en voyant la triste mine de la pauvre bête, elle n'en eut pas le courage. Elle embrassa Isidore en riant.

— Allons, ce n'est pas grave. Je te pardonne. Mais maintenant, il faut te ramener au pays du…

— Excuse-moi, Marie-Aude, dit papa en entrant dans la chambre, tu n'aurais pas vu mon roman policier par has…

Papa s'interrompit brusquement et ses yeux s'agrandirent d'une façon franchement alarmante : il venait d'apercevoir Isidore. Il ouvrit la bouche mais pas un son ne sortit de sa gorge. Il avait l'air d'un poisson hors de l'eau.

— Bonjour, monsieur, fit poliment Isidore.

— Euh… papa… tenta d'expliquer la petite fille.

Papa leva la main.

— Oui, répondit-il en fronçant les sourcils, tu as tout à fait raison, Marie-Aude. Je ne prendrai plus jamais de whisky avant d'aller dormir. Cela me fait faire des mauvais rêves. Bonne nuit.

Puis il sortit en courant.

Isidore regarda Marie-Aude et haussa les épaules.

— Je m'occuperai de papa en revenant, soupira la petite fille. Accroche-toi, on décolle !

— Dis, papa, demanda gentiment Marie-Aude un

peu plus tard, à propos de ce que tu as vu dans ma chambre, tout à l'heure… hum… eh bien…

Son père leva le nez de son roman policier une seconde.

— De quoi parles-tu, Marie-Aude? Je n'ai rien vu dans ta chambre, tout à l'heure!

— Mais…

— Ça suffit, Marie-Aude! Va dormir, il est temps!

Et papa se replongea dans sa lecture, laissant Marie-Aude très perplexe et presque certaine que son père était devenu fou…

CHAPITRE HUIT

LE DILEMME DU CHEVALIER

Ce matin-là, Marie-Aude et la licorne zébrée cueillaient des framboises dans la forêt : il y en avait des tas et des tas au pied d'un vieux chêne aux longues branches fatiguées. La petite fille et sa compagne travaillaient en chantonnant des airs étranges du monde du papier peint. Marie-Aude était d'avis que ces chansons, que la licorne passait des heures à lui apprendre, étaient plus belles que n'importe laquelle des chansons de notre monde à nous. Mais, à son grand désarroi, il lui était absolument impossible de se rappeler plus de deux notes, une fois revenue chez elle. Elle n'en gardait qu'un vague et fuyant souvenir qui semblait toujours se dissoudre et disparaître plus profondément dans sa mémoire si elle faisait un quelconque effort pour les fredonner.

— C'est très agaçant, tu sais, dit-elle en prenant un nouveau panier (car le sien était plein). J'aimerais tellement pouvoir en chanter une ou deux à papa et à maman… mais ça ne sert à rien ! On dirait que mon cerveau se vide pendant le voyage de retour !

La licorne zébrée hennit un petit rire joyeux.

— En fait, c'est à peu près ce qui se passe, tu sais, fit-elle. La musique du monde du papier peint est très, très, très différente de la musique de ton univers. Tu la trouves merveilleuse parce que tu es ici en ce moment, mais si tu chantais un air du monde du papier peint *chez toi* tous ceux qui t'écouteraient se boucheraient les oreilles en criant « Assez ! C'est insupportable ! » Et comme la musique déteste qu'on ne l'apprécie pas, elle s'arrange (chaque fois que c'est possible) pour éviter de déplaire !

La petite fille réfléchit un instant.

— Donc, j'oublie tout des chansons de la forêt lorsque je reviens chez moi ! raisonna-t-elle en fronçant les sourcils.

— Voilà ! conclut la licorne d'un ton satisfait.

Marie-Aude se remit à cueillir des framboises, fort heureuse d'avoir compris cela. Après quelques minutes, elle déposa son panier plein par terre, se releva et déclara :

— Quatre paniers remplis à ras bords… je crois que nous en aurons assez pour le souper de ce soir, n'est-ce pas ? Tiens, voilà Sire Gagalahad !

La licorne, toujours contente de voir arriver son meilleur ami, regarda dans la direction que lui indiquait la petite fille.

— Mais oui, tu as raison, c'est bien lui ! s'écria-t-elle gaiement.

Puis, avec un peu d'inquiétude dans la voix :

— Mais comme il a l'air triste…

En effet, le Chevalier marchait les mains derrière le dos, en gardant les yeux baissés et une expression de trouble intense assombrissait son visage d'ordinaire si souriant. Il se dirigeait lentement vers Marie-Aude et la licorne, sans les voir. Il avait vraiment l'air *très* déprimé. Il était si absorbé par ses réflexions qu'il fallait percuter la licorne et s'enfoncer sa corne dans le nez… et là seulement finit-il par réaliser la présence de ses amis.

— Bonjour, dit-il d'un air lugubre.

Et il s'assit (je devrais plutôt dire *s'effondra*) dans l'herbe.

Marie-Aude s'approcha doucement de lui. La licorne se coucha et déposa sa tête sur les genoux du Chevalier. Il y eut un long moment de silence, pendant lequel Sire Gagalahad caressait distraitement la crinière de sa monture : de toute évidence, il était totalement bouleversé et personne ne voulait le presser.

— Je viens d'apprendre une chose terrible, déclarat-il finalement.

Il soupira en essuyant une grosse larme sur sa joue, puis ne dit rien pendant plusieurs minutes. Il se gratta la moustache d'un geste las.

— Je dois tuer Isidore, dit-il enfin, tristement.

Le souffle coupé par la surprise, Marie-Aude et la licorne se regardèrent, abasourdies. Quoi? Tuer Isidore? Mais qu'est-ce qui pouvait bien avoir mis une idée pareille dans la tête du Chevalier? Tuer Isidore! Ridicule! Absurde! Grotesque!

— Mais - mais - mais pourquoi donc? balbutia la fillette lorsqu'elle eut retrouvé la voix.

— Mais - mais - mais pourquoi donc? répéta stupidement la licorne.

Le Chevalier sortit un grand mouchoir, si grand qu'on aurait raisonnablement pu l'appeler un drap de lit, et essuya son visage en larmes.

— Je reviens tout juste d'une réunion des Chevaliers de la Chaise longue, expliqua-t-il en sanglotant un peu. Sire Lancelolot, notre Chevalier en chef, était très mécontent de moi. Il m'a dit qu'Isidore était un dragon et qu'il était honteux que je ne l'aie pas encore tué. Évidemment, je lui ai répondu que j'ignorais complètement qu'il fallait que je tue Isidore et que de toute façon Isidore était un de mes meilleurs amis. Il a regardé le plafond d'un air très fatigué et m'a répété qu'Isidore était un dragon, que moi j'étais un Chevalier et donc qu'il était de mon devoir de tuer Isidore. Bien sûr, je ne comrpenais rien à son blabla et il a dû s'en apercevoir, parce qu'il a sorti le Manuel du Parfait Chevalier et m'en a cité un passage.

Sire Gagalahad ferma les yeux pour se souvenir du passage en question.

— Article cent douze, clause trois, paragraphe cinq : *Un Chevalier qui rencontre un dragon doit a) occire ledit dragon ou b) périr lui-même dans la tentative.* Sire Lancelolot a ensuite ajouté que les Chevaliers servaient à cela, imbécile, et que si j'ignorais quelque chose d'aussi élémentaire, j'étais effectivement un bien mauvais Chevalier.

À ce point de l'histoire, le drap de lit était complètement trempé. Sire Gagalahad le tordit, le mit à sécher et termina en reniflant :

— Et maintenant, il faut que je tue Isidore. Sire Lancelolot m'a donné jusqu'à ce soir... sinon, je serai expulsé des Chevaliers de la Chaise longue ! C'est épouvantable !

Et il se remit à pleurer à chaudes larmes. Marie-Aude se passa la main dans les cheveux, incrédule. Quelle histoire !

— Qu'allez-vous faire, Sire ? lui demanda-t-elle.

Sire Gagalahad hésita un peu avant de répondre.

— Hum... eh bien, murmura-t-il, je suppose que je n'ai pas le choix... je vais trouver Isidore et je vais l'occire... oh, quel malheur !

La licorne se leva, l'air très fâché. Elle s'ébroua, secouant sa crinière d'argent de tous les côtés.

— Mais enfin, cria-t-elle, c'est aberrant ! Gaga, tu ne

vas tout de même pas tuer un de tes meilleurs amis parce qu'un crétin de Chevalier te l'a demandé! Comment peux-tu même considérer cette ridicule alternative? C'est tout à fait hors de question!

— Elle a raison, Sire, renchérit Marie-Aude. Vous ne pouvez pas tuer Isidore!

Le Chevalier avait l'air très malheureux. Il haussa les épaules en signe d'impuissance.

— Que puis-je faire d'autre? J'ai été Chevalier toute ma vie. Je me suis toujours efforcé de vivre selon le code d'honneur des Chevaliers de la Chaise longue... j'ai toujours été le meilleur Chevalier possible. Et maintenant j'apprends qu'en ne tuant pas Isidore, je manque à tous mes devoirs! Sire Lancelolot l'a bien expliqué: Isidore est un dragon, je suis un Chevalier et les Chevaliers servent à tuer les dragons.

Il se leva résolument, soupira un dernier grand coup et referma sa visière d'un coup de pouce.

— Ouille-ouille-ouille-OUILLE! hurla-t-il en dégainant son épée. Ce n'est pas ce que je veux, mais ce que je dois. C'est triste, mais c'est comme ça.

Et Sire Gagalahad partit à la recherche d'Isidore, avec la ferme intention de le zigouiller. Marie-Aude et la licorne se regardèrent, au bord de la panique. Il fallait faire quelque chose !

— Mon pauvre Gaga, chuchota tristement la licorne, qu'est-ce qui lui prend ?

Marie-Aude essaya de la rassurer.

— Allons, ne t'inquiète pas, je suis sûre que nous arriverons à arranger cette histoire de fou. En attendant, je crois que le plus important, c'est de trouver Isidore. Nous devons l'avertir que sa vie est en danger. Viens vite !

Elle monta sur le dos de la licorne qui fonça au galop.

— Mais qu'est-ce que vous me chantez là ? s'exclama Isidore avec étonnement. Ce bon vieux Gaga, vouloir me tuer ? Mais c'est impossible !

La licorne fronça les sourcils.

— Malheureusement, c'est la pure vérité, Isidore, dit-elle. Il te cherche en ce moment même !

Marie-Aude leva les bras au ciel et crut bon d'ajouter :

— Pour te couper la tête!

— Il est très déterminé, ajouta la licorne.

— Il est fou! conclut la petite fille en gesticulant beaucoup.

Isidore se gratta l'oreille avec le bout de sa queue et parut songeur.

— Eh bien, déclara-t-il enfin, je devrais me cacher, je suppose. Mais vous êtes bien sûres...

— OUI! cria Marie-Aude, très énervée. Sire Gagalahad est à ta recherche pour te couper en petits morceaux, espèce de tête de pioche! Et si tu veux continuer à avoir une tête de pioche au bout du cou, je te conseille de disparaître dans le premier trou de lapin venu! ET PLUS VITE QUE ÇA!!!

Mais Isidore hésitait encore. Son ami le Chevalier...

— Trop tard! s'exclama la licorne. Le voilà qui vient! Avec son épée!

La fillette donna une grande poussée au dragon qui fit une double culbute jusque dans un buisson. Puis elle se retourna vers le Chevalier et se mit à siffler *Au clair de la lune* en souriant de son bizarre de sourire tout en essayant de paraître absolument décontractée. La licorne tenta de l'imiter, sans grand succès (les licornes ont toujours eu une certaine difficulté à siffler).

— Bonjour, Sire, dit la petite fille. Belle journée, n'est-ce pas?

Sire Gagalahad mit un doigt sur sa bouche et lui expliqua par signe qu'il ne fallait pas faire de bruit, car il voulait surprendre le dragon et est-ce que par hasard elles l'auraient aperçu dans les environs. La licorne secoua la tête et Marie-Aude haussa les épaules : non, elles ignoraient complètement où se trouvait Isidore. Le Chevalier soupira silencieusement. Il regardait de tous les côtés et marchait sur la pointe des pieds. Il fit le tour des buissons, ne remarqua rien et s'apprêtait à partir quand soudain...

— AHA! cria Sire Gagalahad. Te voilà enfin, Isido-hum, c'est-à-dire, vil dragon! C'est ça, vil dragon!

Isidore, qui, en éternuant, avait bien failli mettre le feu à la forêt entière, sortit de son fourré tout tremblant.

— Coucou! fit-il avec un rire forcé. Dis donc, Gaga, on vient tout juste de me raconter quelque chose d'absurde. Il paraît que tu veux me décapiter? C'est

amusant, non? Que toi, tu… euh… haha… tu… mais
- mais pourquoi me regardes-tu comme ça?

Sire Gagalahad prit son épée à deux mains.

— Je suis désolé, Isidore, murmura-t-il.

Puis il s'élança vers le dragon en hurlant «Ouille-
ouille-ouille-OUILLE!!!» Isidore roula des yeux ter-
rifiés, se mit à crier «Au secours! Au secours! Alerte
au dragonicide!» se retourna et prit ses jambes à son
long cou.

Les deux amis, maintenant ennemis, se poursuivirent pendant des heures et des heures et des heures… jusqu'à ce qu'Isidore, absolument fourbu, s'affale par terre et s'écrie :

— Oh, et puis zut ! Je te croyais mon ami, mais si tu tiens à me tuer parce qu'un abruti qui ne me connaît même pas te l'a demandé, moi, j'abandonne ! Vas-y ! Je ne bougerai pas ! Fais ce que tu crois être ton devoir !

Isidore étendit son cou dans l'herbe et attendit la réaction de Gagalahad. Le Chevalier était bien malheureux. Il hésita pendant des tas et des tas de minutes… il leva son épée haut dans les airs… Isidore ferma les yeux…

Et Sire Gagalahad laissa tomber son arme à côté du dragon.

— Je ne peux pas, dit-il.

Il s'agenouilla et embrassa Isidore, le suppliant en sanglotant de lui pardonner. Isidore lui donnait de grandes claques dans le dos en pleurant lui aussi.

— Bien sûr que je te pardonne, vieille branche, n'y pensons plus et allons prendre une petite collation.

Marie-Aude et la licorne poussèrent un profond soupir de soulagement suivi de grands éclats de joie.

Puis tous les quatre se retrouvèrent devant un bon chocolat chaud… Les meilleurs amis des deux côtés du papier peint !

Il va sans dire que Sire Gagalahad fut expulsé de l'Ordre des Chevaliers de la Chaise longue, mais qu'à cela ne tienne, il en créa un autre : l'Ordre des Vrais Chevaliers. Cet Ordre, composé de Sire Gagalahad, Isidore, la licorne et Marie-Aude, avait lui aussi un Manuel du Parfait Chevalier, rédigé par Gaga et Marie-Aude. Et ce Manuel commençait ainsi :

Il est important de bien comprendre que la vertu première d'un vrai Chevalier est la compassion, et que le fait de tuer des dragons est une chose tout à fait accessoire et dépassée.

C'est ainsi qu'avec le temps, tous les Chevaliers de la Chaise longue (même Sire Lancelolot) démissionnèrent pour entrer dans l'Ordre des Vrais Chevaliers.

ÉPILOGUE

Marie-Aude se réveilla dans une des clairières de la forêt et bâilla en luttant pour ouvrir les yeux. Elle se sentait épuisée.

Elle était aussi très inquiète. Depuis quelques jours, il lui était de plus en plus difficile de se rendre dans la forêt. Elle devait se concentrer beaucoup plus fort qu'auparavant et elle était toujours très fatiguée en revenant dans sa chambre. Elle n'arrivait pas à comprendre comment ni pourquoi, mais il semblait bien qu'elle était en train de perdre son don.

Ce voyage était donc son dernier : il avait été très éprouvant pour la petite fille et elle sentait confusément qu'elle vivait ses dernières heures au royaume du papier peint.

Elle fit ses adieux à tous ses chers amis, la gorge serrée par l'émotion. Tous les habitants de la forêt *savaient* d'une façon ou d'une autre et étaient venus assister à son départ. La licorne lui chanta même une dernière chanson.

— Oh, vous me manquerez tant! murmura Marie-Aude en la serrant dans ses bras. Mais pourquoi donc...

— Tu vieillis, l'interrompit la licorne en essuyant ses larmes d'argent, mais elle ne voulut pas en dire plus.

— Tu sais, lui dit doucement Isidore pour la consoler, je crois fermement qu'on peut retrouver son coeur et son âme d'enfant si l'on y tient vraiment. Cela peut être long, je suppose, mais c'est sûrement possible. Si tu essaies de retrouver ton enfance qui est en train de disparaître, je suis certain que ton don reviendra.

— Et tu pourras nous rendre visite à nouveau, ajouta Sire Gagalahad.

La petite fille essaya sans succès de sourire.

— Je m'y efforcerai toute ma vie! déclara-t-elle en pleurant avec passion.

Marie-Aude revint finalement dans notre monde à nous. Elle était fort triste et regardait les yeux encore humides son papier peint, où Isidore, Sire Gagalahad et la licorne lui faisaient de grands signes de la main et du sabot.

Marie-Aude alla s'asseoir sur son lit, l'air résolu. Elle ne pleurait plus.

— Retrouver mon coeur et mon âme d'enfant, mes amis? dit-elle tout bas. Si c'est ce que je dois faire pour vous revoir un jour, je vais commencer à m'entraîner dès aujourd'hui. Et je te parie que je te rendrai visite bien plus tôt que tu ne le crois, Isidore…

TABLE DES MATIÈRES

L'auteur, Vincent Lauzon

Vincent Lauzon est un tout jeune auteur. Avec son premier livre, « Le pays à l'envers », il a été en nomination pour le prix du Gouverneur général du Canada. Vincent s'intéresse à la science, au dessin et à la musique, mais pour le moment, l'écriture le passionne par-dessus tout.

L'illustrateur, Philippe Germain

Philippe Germain a illustré une trentaine de livres et de manuels scolaires pour les jeunes. Il a commencé à dessiner alors qu'il était encore sur les bancs de l'école. Ses amis disent de lui : « Il est drôle dans tout ce qu'il fait. Pas étonnant que ses dessins soient pleins d'humour ! »

ACHEVÉ   D'IMPRIMER
EN SEPTEMBRE 1988
SUR LES PRESSES DE
PAYETTE & SIMMS INC.
À SAINT-LAMBERT, P.Q.